KB128019

문
어

문
어

김기갑 시집

바른북스

시인의 말

육체의 눈은 세상을 향하여
마음의 눈은 진리를 향하여

차
례

시인의 말

1부

2부

3부

4부

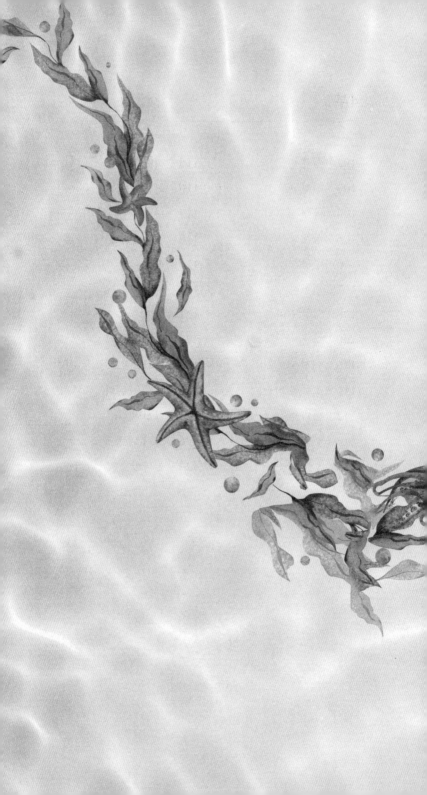

1/부

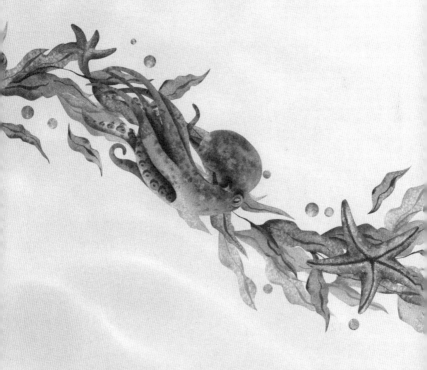

부표

바다 위에 떠 있는
부표가 좋다

이리저리
조류에 휩쓸리지 않고

제자리에서 이정표로 서 있는
부표가 좋다

두 배

풀꽃 향기가 두 배나 짙어지는 것

소나기가 두 배나 시원해지는 것

단풍이 두 배나 고와지는 것

함박눈이 두 배나 포근해지는 것

사랑을 묻는 이 있다면 이대로 말해주리

돌다리

돌다리를 건너듯 살아가라

돌과 돌 사이엔
가깝지도 멀지도 않은 간격이 있나니

자만하지도 절망하지도 말고
다만 여유롭게 세상의 돌다리를 건너가라

폭설

깊은 산속에서 폭설을 만난 적이 있는가

눈이 종아리까지 쌓여 불안해한 적이 있는가

길이 눈에 묻혀버려 두려워한 적이 있는가

그 상황에서 전화마저 끊겨 절망한 적이 있는가

바로 그때 원수와 마주친 적이 있는가

그래서 깨달은 적이 있는가

증오는 목숨을 이기지 못한다는 것을

산다는 것은 화해하는 일임을

별사랑

별이 되어라

누가 그대를 바라보더라도
눈을 맞추어주어라

누군가 그대를 바라보거든
반짝여 희망을 이야기해주어라

누가 그대를 바라보지 않더라도
세상에 빛을 나누어주어라

사랑이 되어라

사람꽃

사람과 꽃은 서로 닮았다

길쭉한 꽃대와 동그란 꽃잎은
사람을 꼭 닮았다

생의 꽃을 피우지 못했다고 하여
낙담할 일은 아니다

누구나 이미
저마다의 모양과 빛깔과 향기를 가진
한 송이의 꽃이다

돌잡이

"아이가 뭘 잡기를 원하세요?"

아빠가 점잖게 대답한다
"건강하게 오래 사는 게 최고죠"

엄마도 나직이 대답한다
"저도 실타래를 잡았으면 좋겠어요"

아이가 돌상을 바라보더니
번개처럼 엽전을 집어 든다

부모가 기뻐 날뛴다

역할극

역할을 바꾸어봄으로써
서로에 대한 이해도를 높여보자는
네 말에 찬성할 수 없어

우리는 너무 닮은꼴이라서
굳이 역할을 바꿀 필요가 없어

우리는 너무 흑백논리가 뚜렷해서
역할을 바꾸어도 소용이 없어

우리는 두 개의 바둑돌이야

목발

내가 투덜거리다니

이런 걸로 투덜거리다니

겨우 이런 걸로 투덜거리다니

조금 불편하다고 투덜거리다니

신발이 발에 맞지 않는다고 투덜거리다니

누군가 목발을 짚고 날 앞질러 산을 올라가다니

고속열차

고속열차는 앞과 뒤의 구분이 없다

한쪽 끝의 량과 반대쪽 끝의 량이 같다

열차가 움직이면
전진한다고도 후진한다고도 말할 수 없다

인생도 마찬가지이다

우리는 모두 빠른 속도의
열차 여행을 하고 있는 중이다

퇴보니 실패니 하는 말을
섣불리 하여서는 안 되는 것이다

여행

지친 몸과 마음을 달래기 위한 여행이 있다
삶의 재충전을 위하여 떠나는 것이다

견문을 넓혀 자신의 세계를 확장하기 위한
여행도 좋다

이와는 다른 의미를 가지는 여행이 있다

가을바람에 떨어지는 잎사귀가 비로소
자기가 날 수 있다는 것을 알게 되는 것처럼

산사태가 나서야 바위가 비로소
자기가 구를 수 있다는 사실을 발견하는 것처럼

자신을 재발견하는 그런 소중한 여행이 있다

임플란트

소중한 것이 깨졌다 하니
그것도 많이 깨졌다 하니
어설프게 때우려 하지 마라
근본적인 치유가 되지 못한다
미련 없이 뽑아버려라
그리고 새로이 심어라
사랑이 깨졌다 하니

꿈에 대하여

시냇물처럼 생기 있게 살아가려는 자
꿈을 가져라

느티나무처럼 커다래도 좋고
병아리처럼 소박해도 좋다

바위와 같은 굳건함으로 꿈을 간직하라

머뭇거리지도 기웃거리지도 방황하지도 말고
새처럼 꿈을 향해 곧장 날아가라

애벌레처럼 기어가도 좋으니 꾸준히 나아가라

폭포처럼 저돌적이어야 할 때도 있지만
연못처럼 고요할 때도 있어야 함을 잊지 마라

바람이 그대를 흔들 때는 거미줄처럼
바람을 흘려보내는 지혜도 필요하다

소녀처럼 기도하고 아이처럼 도움을 구하라

꽃이 꿈을 이루면 지기 시작하지만
이듬해를 다시 꿈꾼다는 것을 기억하라
계속해서 꿈을 꾸어라

꿈은 이루지 못해도 품는 것만으로도 아름답다

출생

아기는
늘 꿈꿔왔는데
오래 기다려왔는데
어렵게 나왔는데

세상이 쌀쌀해
그만 서럽게 울고 만다

시간표

10대 별똥별 관찰
20대 결혼
30대 A 입사
40대 승진
50대 책 출간

20대 별똥별 관찰
30대 결혼
30대 B 입사
40대 책 출간 승진 탈락
50대

나의 시간표

하늘의 시간표

숨

숨에 관심을 두는 사람은 없다
호흡은 무의식적으로 이루어진다

세상의 무관심 속에서도
자기 앞에 놓여진 삶의 과제들을

숨처럼 하나씩 하나씩
조용히 감당해나가는 사람들이 있다

모두가 숨 같은 존재들이다

만약 이들이 사라진다면
세상은 즉각 종말을 고하게 될 것이다

대추

시골 오일장에서 할아버지가
마른 대추 하나를 깨물어보고는
옆의 할아버지에게 한 말씀 던지신다

이 주름 좀 보게나
달달하기까지 고생 좀 했겠네그려

하늘의 계획

별이
바닷가의 모래알처럼 많은 건
한 사람 한 사람 모두에게
나누어주려는
하늘의 비밀스러운
계획이랍니다

터널

엄마가
아기를 업고 있다

터널을 지나는 동안
아기가 울며 보챈다

엄마가
아기를 달랜다

괜찮아
다 왔어
금방 끝나

키스

코는 오뚝하다

서로 직진하면
입을 맞출 수 없다

옆으로 살짝
틀어주어야 한다

사랑은
기꺼이 양보하는 것

국밥

친구가 사준 국밥 한 그릇에 섭섭해한다

그동안 내가 사준 밥이 얼마인데
그동안 내가 받아준 술이 얼마인데
겨우 이거냐 싶다

하지만 곧
준 것은 잊고 받은 것은 기억하라는
어른들 말씀이 떠올라 이러면 안 되지 한다

준 것은 과장하고 받은 것은 잊어버리며
살아왔는지도 모른다
기억보다 많은 것들을 받아왔는지도 모른다

마침 식당 벽에 붙은 문구가 눈에 들어온다

최선을 드리오니 맛있게 드십시오

약

점심 식사 후에

"어디 아프세요?"
"온몸이 쑤시고 아프네요"

저녁 식사 후에

"지금은 어떠세요? 오늘 밤엔 푹 쉬세요"
"아까보다 많이 좋아졌어요. 감사해요"

다음 날 아침 식사 후에

"오늘은 좀 덜하세요?"
"이제 괜찮아요. 약이 따로 없네요"

부녀

아버지와 딸이 산길을 간다

갈 길은 남았는데 해가 뉘엿뉘엿 진다

벼랑 곁을 지나며

딸이 앞서가는 아버지에게 말한다

"아빠가 있어서 든든해요"

아버지가 딸을 뒤돌아보며 생각한다

'난 네가 있어서 조마조마하구나'

촛불

촛불은

누군가의 땀이다
누군가의 눈물이다
누군가의 기도다

그러나
쓰러지면
누군가의 음모이다

신호등

키도 크고
눈도 부리부리하고
부지런한 게

그 총각 다 좋은데
아까 다르고 지금 달라 쓰겠냐

거울

책상은
바꾼 지 얼마 안 돼 보이고

사물함도
작년에 구입한 거네요

그런데 저 거울은
테두리를 보면 꽤 오래된 것 같은데
어쩜 저렇게 흠 하나 없이
깨끗하게 사용하실 수 있나요?

그거야 쉬운 일이지요
누가 자기한테 돌을 던지겠어요?

소식

날려 보낸 까마귀 떼에
아무런 대답이 없다

무소식이 나쁜 소식보다
견디기 힘들 때가 있다

섭섭한 까마귀 떼도 좋으니
몇 마리라도 와주었으면

마침내 까마귀 소리가 나고
눈을 돌려보면 엉뚱한 녀석들

오늘도 나의 신경은 온통
네모난 금속성 둥지로 뻗어 있다

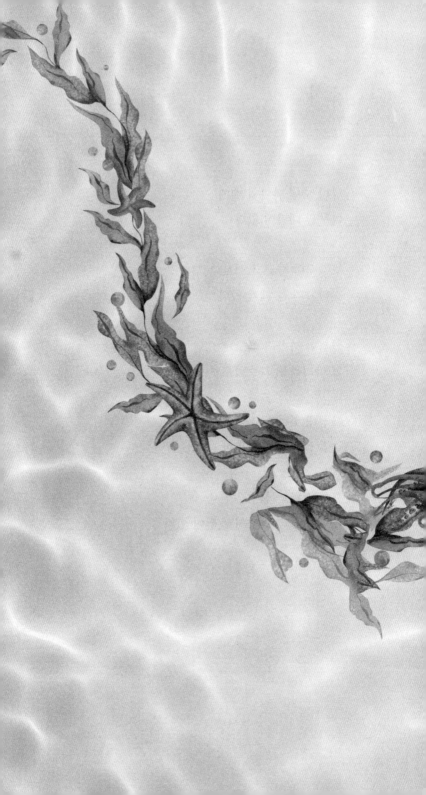

2부

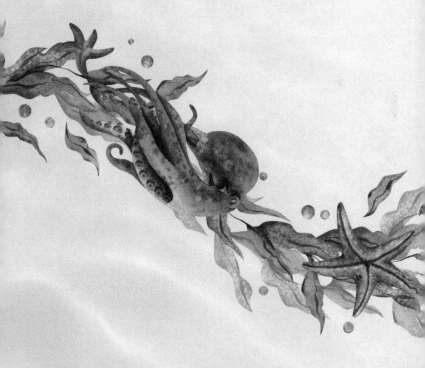

꽃 글자

꽃 글자 봐봐

어, 꽃 피었네

너도 꽃 글자

별것

친구한테 전화가 왔다
걱정이 커 보였다
한참 동안 고민을 들어주었다
전화를 끊으려 하지 않는 걸 보니
무언가를 듣고 싶어 하는 눈치였다
아차 싶었다
한마디 해주니 그제야 웃는다

힘든 이에게 힘이 되는 한마디
별것 아니라 하기엔 너무 별것인 한마디

별것 아니야

치과

할머니가 의사에게 말한다
"여섯 개 모두 빼버려"
치아를 헌 신짝 대하듯 한다
쓸 만큼 쓴 몸이 이제는
꽤나 거추장스러운 모양이다
후회도 미련도 없는 눈치다
치아가 그렇다면 손과 발이며
장기도 마찬가지란 얘기다
나 또한 먼 훗날 하늘나라에서
누군가 찾아왔을 때 말할 수 있을까

"어서 갑시다
몸뚱이는 신경 쓰지 말고"

심장

심장은 생명이다
심장의 멈춤은 죽음을 의미하고
박동속도의 변화는 경고를 뜻한다
목숨을 유지하기 위하여
심장은 하루에 십만 번을 뛴다
쉬는 시간도 휴일도 없다
가슴에 손을 얹어보면
언제나 성실함을 보여준다
한 몸을 위해 평생을 밤낮으로 뛰는 것이다
가슴 뛰는 삶을 살지 않을 수 없다

할아버지와 소나무

할아버지가 병든 소나무에게
살기 어렵겠다고 말씀하신다

둘은 어릴 적부터 함께 자라왔다
그동안 강산이 여덟 번 바뀌었다

할아버지는 착잡한 표정으로 막걸리를
들이켜고는 남은 술을 소나무 밑동에 부으신다

생각에 잠겨 소나무 곁에 한참을 앉아 있다가
일어나더니 소나무를 가만히 껴안으신다

그리고는 집으로 발걸음을 옮기셨다

그로부터 달포 후
할아버지의 유골이 소나무 밑동에 뿌려졌다

깃발

깃발은 말하고 있었다

때로는 나지막하게
때로는 큰 목소리로

쉬지 않고 말하고 있었다

어느 흐린 날
오랜 시간 비바람에 해진
깃발을 내려서 보니

누가 적어 놓았을까
남아 있는 글자가 보였다

ㅅ   ㄹ   하   ㄹ

술

한 잔에 귀가 열리고
두 잔에 입이 열리고
세 잔에 마음이 열리고

한 병에 귀가 닫히고
두 병에 입이 닫히고
세 병에 마음이 닫히고

그 이상엔 관 뚜껑이 닫힌다

오이

책 읽을 계획을 세운다
한 시간이냐 두 시간이냐가 문제다
한 시간은 짧고 두 시간은 길 것 같다
산길에서 생각해봐도 답이 안 나온다
갈증이 난다고 말하니 친구가 해결해준다
오이를 꺼내 너도 살고 나도 살자며
반으로 뚝 잘라서 건네준다
한 시간도 살리고 두 시간도 살리기로 했다
한 시간 반으로 결정했다

명예훼손

하늘빛과 별이 오만가지
바람과 햇살이 오만가지
꽃과 산과 강이 오만가지
노래와 춤이 오만가지
글과 그림이 오만가지
영화와 음식이 오만가지…

이러한 곳에 대하여 피고인은
세상은 따분한 곳이라며 허위사실을
유포함으로써 세상의 명예를 훼손하였다

이는 피고인의 게으름이 오만가지임이
그 원인으로 보인다

피고인에게 다음과 같이 종신형을 선고한다

죽을 때까지 자연과 교감하고
가끔씩 예술작품이나 운동경기를 관람하며
특히 좋아하는 취미를 만들어 살아가기 바람

나비

나비처럼
세상을 놀라워하며 살아가고 싶다

훈계

어린 학생이 담배를 피우고 있다

한 중년 남성이 야단을 친다

아저씨가 뭔데 훈계하는 거죠?

아저씨가 훈계할 자격이 있나요?

아저씨가 저보다 나은 게 뭐죠?

아저씨가 저보다 깨끗한가요?

내가 너를 훈계할 수 있는 이유는 단 하나

내가 너보다 먼저 더러워져 봤다는 것

속도

영상물을 본다

사계에 관한 내용이다

보고 있으니
느린 화면이 나오는데
비가 꼭 눈처럼 보인다

눈물이 멎고
새하얀 세상이 올까?

속도를 늦춘다면

제멋

꽃을 보며 생각한다

사람도 남을 의식하는 힘을
자신에게 쏟으면
꽃처럼 예쁘게 피어날 텐데

별을 보며 생각한다

사람도 남을 의식하는 힘을
자신에게 쏟으면
별처럼 밝게 빛날 텐데

자연에게서 배울 일이다

훈육

가르치는 것은 쉬운 일이 아니다
어느 한쪽으로 치우쳐서는 안 된다

칭찬만 하면 상대는 교만해지고
질책만 하면 상대는 자괴감에 빠진다

칭찬과 질책은 함께 다녀야 한다
외로운 겸손을 위하여

소재

보통 거머리가 아니다
작품을 만들어 달라며 떼를 쓴다
떼고 떼도 어느새 또 붙어 있다
영 귀찮아 허락한다
몇 날 며칠 피가 빨린다
정확한 작품이 안 나온다
조금 벗어난 것이라도 만들어 보인다
그제야 백지 위에 편편이 분절되어 있는
검은색 현현에 흡족해하며 유유히 사라진다
영원히 죽지 않기를 바라며

파리

책상 위에 왕파리가 앉는다
대뜸 손바닥으로 빌기 시작한다
빌면서 일평생을 살아온 녀석답게
손짓이 능수능란하다
밥 위에 앉은 걸 본 적도 없는데
무조건 싹싹 비는 걸 보니 측은하다
들었던 파리채를 내려놓자
파리가 방안을 빠져나간다
얼마 지나지 않아
파리 떼가 몰려와 방안을 휘젓고 다닌다
소문 참 빠르구나 싶다
덕 있는 자 주위에 사람이 모여들듯
관용은 파리 떼도 불러 모은다

귤

추운 밤
따뜻한 방 안에서
귤을 까먹는다

손톱이 노오래진다

집 밖에 나와
하늘을 보다
소스라친다

코앞까지 다가온
노오란
귤 한 조각

문어

문어는 다리가 잘리면 다시 생겨난다
사람은 발가락 하나 잘려도 자라나지 않는다
누군가 그의 다리가 되어 주어야 한다
살면서 이러저러한 다리가 잘린 사람들
고개만 돌리면 언제나 우리들 곁에 있다
여기에서 나 스스로에게 물어본다
나는 오늘 하루 한 사람이라도 부축하며 걸었는가

어린아이가 할머니의 폐지 수레를 함께 끌고 간다

문자

성실하면 구할 수 있을 거야
쉽게 얻어지는 것은 없단다
너무 가까우면 불편하단다
선을 넘지 않도록 조심해라
항상 반듯이 행동해라
앞길을 막는 사람과는 싸우지 마라
너의 위치는 절대 잊어선 안 된다
좋은 자리는 오래 있지 못한다
나쁜 자리도 곧 괜찮아질 거다
자리에 너무 연연하지 마라
영원한 자리는 없다

주차장에서 아빠가

나와 친하지 않은 단어들

나와 친하지 않은 단어들이 있다

나는 침묵하고 있다라고 말하는 순간
침묵은 깨어지고 만다

나는 겸손하다라고 말하는 것은
그것에 대하여 의구심을 불러일으킨다

내가 바보이다라고 말하는 것은
아주 지혜로움을 뜻한다

내가 미쳤다라고 말하는 것은
지극히 정상임을 암시한다

내가 친하고 싶지 않은 단어들이기도 하다
겸손을 제외하고는

나

나는 나를 사랑한다
나는 나를 뜻대로 할 수 없다
나는 나와는 다른 길을 걸어간다
나는 나에 대해 화가 날 때가 있다
나는 나에게 알면서도 속아줄 때가 있다
나는 나와 관심을 주고받길 원한다
나는 나와 이야기하고 웃고 운다
나는 나와 떨어져 있는 시간이 많다
나는 내가 급하다고 하면 곧장 달려간다
나는 언젠가는 나를 떠날 것이다
나는 죽더라도 나는 오래 살 것이다
내 옆에 지금 내가 앉아 있다

나보다 수십 년이나 어린
유전학적으로는 반만 나인

상대

내가 언성을 높이면
그는 목소리를 낮추었지

내가 주먹을 쥐면
그는 손바닥을 내밀었지

내가 돌을 집어 들면
그는 꽃을 건네었지

그제야 깨달았지
내가 그의 상대가 될 수 없음을

지금은 그 꽃향기
내 손 안에서 은은하게 묻어나네

개구리

우물가에
개구리가 앉아 있다

툭 치니 뛰어올라
얼굴에 달라붙는다

다르지 않다

그의 도약의 힘은 분노였다

엄숙한 의무

사람은
백 년을 위해 열 달을 준비한다

벚꽃은
일주일을 위해 일 년을 준비한다

매미는
한 달을 위해 오 년을 준비한다

이 지점에서 우리의 생은
가벼운 유희에서 엄숙한 의무로 변화된다

감각

혀를 조금만 더 사용해보라
맛있는 음식이 풍성하리라

코를 조금만 더 사용해보라
아름다운 향기가 진동하리라

귀를 조금만 더 사용해보라
즐거운 노래가 가득하리라

눈을 조금만 더 사용해보라
멋진 풍경이 넘쳐나리라

몸을 조금만 더 사용해보라
세상은 날마다 축제가 되리라

가위

가위가 머리를 자른다

두려워하지 말라
가위는 저주가 아니다

걱정하지 말라
가위는 무자비하지 않다

감사하라
가위가 그대를 다듬는다

기꺼이 가위를 마주하라

손아귀

손을 펴보면
손가락은 아름답지

손을 오므려보면
아름다움이 사라지지

무언가를 손아귀에 넣는다는 건
아름다움을 잃을 수 있다는 뜻이지

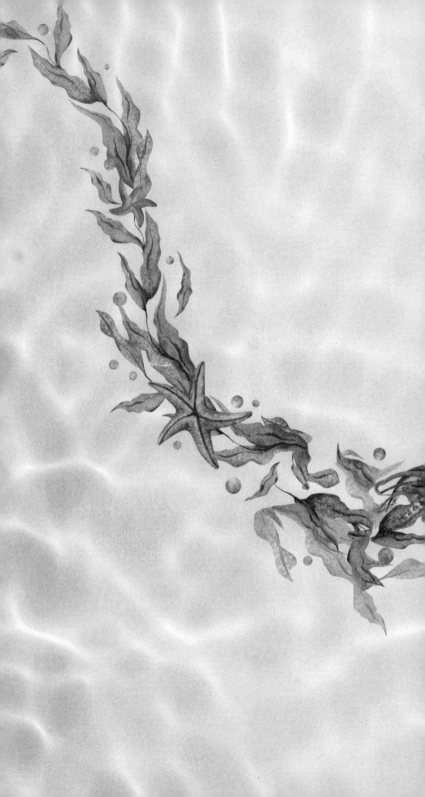

3부

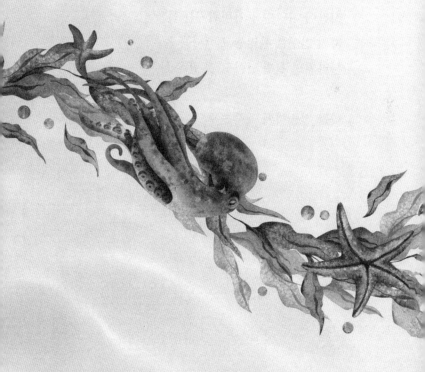

돌

큰 돌 작은 돌
세모난 돌 네모난 돌
가슴에 박히는 돌
누구나 안고 사는 돌
여러 개가 박히지는 않는 돌
남의 것이 더 작아 보이는 돌
서로 바꾸자 한다면 망설여지는 돌
뽑으려 하면 더 깊이 들어가는 돌
빠질 날 생각하며 세월 보내는 돌
시간이 지날수록 가벼워지는 돌
자기 친구를 불러놓고 떠나는 돌
사라지면 훨훨 날아갈 것 같은 돌

나를 진중하게 해주는 돌

간지럼

살다 보면
풍랑을 만날 때가 있다

최악의 상황 속에서도
희망을 잃지 말아야 한다

아무리 슬퍼도
아무리 화가 나도
아무리 절망적이어도
간질이면 웃는 게 사람이다

비극에 매몰될 필요가 없다

지구

세상이 삐딱한 건
지구가 기울었기 때문이지

세상이 어지러운 건
지구가 회전하기 때문이지

세상이 잘 돌아가는 건
지구가 궤도를 벗어나지 않기 때문이지

해먹

입꼬리를
양쪽 귀에 걸어라

행복이
머물 수 있도록

폭탄

어색해 보이는
두 사람

한 사람이 다른 이에게
음료수를 건넨다

어서 마시라고
권유한다

캔을 따는 순간
폭탄이 터진다

벽이 무너져내린다
대화가 술술 풀린다

대세

봄에도 쌀쌀한 날들이 있다
바람이 찬 시기가 있다

그렇다고 왔던 제비가 되돌아갈 수는 없다
피었던 수선화가 다시 봉오리로 되진 않는다

걱정하지 말고 화분에 물을 주면서 기다려라
못다 한 겨울 정리를 하면서 시간을 보내라

봄이 깊어가고 있다는 것만 기억하면서

시계

시계에 반대한다
아날로그 시계에 반대한다
시간을 나타내는 시계가 저러면 안 된다
시침과 분침과 초침이 서로 닿지도 않고
그냥 지나치기만 해서는 안 된다
시간을 그처럼 보내면 안 되는 것이다
함께 악수도 하고 포옹도 하고 어깨동무도 하면서
생을 보내야 한다

마왕의 말

슬퍼하는 자는 더욱 슬퍼하게 하라
그리하여 바다에 빠지게 하라

분노하는 자는 더욱 분노하게 하라
그리하여 불에 타게 하라

증오하는 자는 더욱 증오하게 하라
그리하여 뼈까지 녹게 하라

다투는 자는 더욱 다투게 하라
그리하여 벼랑 아래로 떨어지게 하라

그러나 웃는 자는 그대로 두어라
건드려봤자 더욱 크게 웃을 뿐이다

감싸다

하늘이
우리를
감싸고
있듯이

우리도
서로를
감싸야
합니다

눈

아이들의 동그란 눈은
서로를 덮어주는 함박눈

어른들의 날카로운 눈은
서로를 아프게 하는 싸라기눈

꽃마음

꽃은 필요하지 않습니다

다만 꽃과 같은 마음을 주옵소서
온 세상이 꽃일 수 있도록

아이

사람은 아이일 때가 제일 어여쁘다

아이는 굳이 꽃을 볼 필요가 없다

사람은 아이일 때가 제일 빛이 난다

아이는 굳이 별을 볼 필요가 없다

사람은 아이일 때가 제일 깨끗하다

어른은 애써 아이를 보아야 한다

과녁

투쟁의 중심에는 증오가 있다

증오의 중심에는 질투가 있다

질투의 중심에는 우월감이 있다

우월감의 중심에는 교만이 있다

나의 궁극적인 목표물은 교만이다

동행

번갈아가며 앞장서라

같은 보폭으로 가라

너무 붙지도 떨어지지도 말라

함께 쉬고 함께 일어나라

운명공동체임을 기억하라

한 몸 두 다리처럼

폭포

그는
물이
폭포 아래로
떨어지는 광경을
바라보고 있는
자신을 향하여 외쳤다

뛰어
바다가 되는 거야

감상

듣고 있는 것이
아름다운 음악이라면 멈춰 서라

보고 있는 것이
멋진 그림이라면 집중하라

읽고 있는 것이
뛰어난 글이라면 감탄하라

응원하고 있는 것이
치열한 경기라면 환호하라

관람하고 있는 것이
훌륭한 공연이라면 눈물을 흘려라

작품의 감상은
고단한 삶에 하늘이 내린 크나큰 위로이니

재주

잘 살펴보면
재주를 찾을 수 있을 거야

기죽지 마

물은 넘치는 재주가 있고
돌은 움직이지 않는 재주가 있고
공기는 색깔이 없는 재주가 있고
이끼는 붙어 있는 재주가 있고
눈발은 날리는 재주가 있고
깃털은 가벼운 재주가 있고
티끌은 아무것도 아닌 재주가 있어

너를 너이게 하는 재주가 반드시 있을 거야

접착

몸의 앞면보다
뒷면이 더 평편하다

두 사람을 붙인다면
등진 채로 붙여야
딱 붙어 있을 것이다

사람이 접착을 원한다면
서로 등을 져야 할 것이다

눈도 등지고
귀도 등지고
입도 등져야 할 것이다

그리고 마음으로 마주해야 한다

떡메치기

윷놀이, 떡메치기, 팽이치기, 투호…

아버지가 아이에게 떡메치기를 권한다

아이가 떡메를 치기 시작한다

철썩 철썩 철썩 철썩 철썩

아버지가 아이에게 점잖게 말을 건넨다

맛있는 찰떡이 되기 위해서는
많이 맞아야 한단다

훌륭한 사람이 되기 위해서는
많이 아파야 한단다

침

침 좀
놓아주오

가슴에
놓아주오

콕 찔러
무딘 마음
따끔하게
혼 좀 내주오

밤송이

오솔길에
밤송이가 떨어져 있다

안이 비었다

보고 있노라니
바람이 휭하니 불어간다

가을

아마도
속이 텅 비어 있는
밤송이보다 더할
남자의 마음

균

속이 메스꺼워
병원을 찾았다

아무리 생각해봐도
잘못 먹은 게 없다

의사도
식중독균은 없다고 한다

곰곰이 생각해보니
뉴스만 보면
토할 것 같고 열이 올랐다

거북이

친구들이 서로 이야기를 나누네

한 친구가 말하네

장수거북의 수명은 백오십 년이라고

장수의 비결은 느린 호흡이라고

다른 친구가 이를 듣고 말하네

자기는 오래 살기는 틀렸다고

그녀와 함께 있으면 숨이 가빠진다고

회복

병에서 회복되면
전보다 더 베풀리라

병에서 회복되면
전보다 더 용서하리라

병에서 회복되면
전보다 더 사랑하리라

병에서 회복되면
전보다 더 열심히 살아가리라

병에서 회복되니
전으로 모든 게 회복되었다

초심

첫 등교를 할 때의 마음을 잃지 않게 하소서

첫 출근을 할 때의 마음을 잃지 않게 하소서

첫사랑을 할 때의 마음을 잃지 않게 하소서

난 아무것도 몰라요 하던 마음을 잃지 않게 하소서

저 또한 찾아오리라

힘든 일이 생기면 생각합니다
이 또한 지나가리라

좋은 일이 생기면 생각합니다
저 또한 찾아오리라

백로

백로가 논에서 천천히 거닌다

목이 물음표를 닮았다

한 마리가 아니고 여러 마리다

그래

삶이란 의문투성이지

4
부

행복

꽃은 예뻐도 행복하지 않다

별은 높아도 행복하지 않다

바다는 부유해도 행복하지 않다

사람만이 행복을 알 수 있다

단지 감사함으로써

안경

햇살이 뜨겁다
아이가 자전거를 끌고 길을 건넌다
자전거가 아이 몸집보다 크다
위험해 보인다
누군가 대신 자전거를 끌어준다
건너편에 한 여인이 선글라스를 끼고 있다
엄마인 듯 아이를 부른다
자전거를 끌던 남자가 여인에게 따진다
"아이를 혼자 버려두면 어떡합니까?
아이가 위험한 게 안 보입니까?"

여인이 아이에게 말한다
"얘야, 내가 널 들을 수 있는 곳에서 놀거라"

곡해

사람 사이에 중요한 건
대화

그중에 중요한 건
듣는 것

그중에 중요한 건
상대의 의도를
악의로 받아들이지 않는 것

그러지 못해
혼자 속앓이한 적 많았지요

삼계탕

삼계탕 한 그릇에 담긴
어머니의 정성과
뜨거운 불길과
진득한 기다림을 생각한다

허기에 눈이 멀어
탈이 날 위험을 무릅쓰고
날로 먹으려 했던
지난 일들을 반성한다

만남

우연히 오늘
좋은 시인을 만났다

그는 나를
흔들어놓았다

앞으로 나는
흔들리지 않을 것이다

흰머리

흰머리가 부쩍 늘었다

눈처럼 깨끗한 마음 가지라는 얘기겠지

눈처럼 포근한 사람 되라는 얘기겠지

눈처럼 기쁨을 주는 사람 되라는 얘기겠지

눈처럼 새하얀 세상 만들어가라는 얘기겠지

눈사람처럼 늘 미소를 머금고 살아가라는 얘기겠지

얼굴 근육

찡그릴 때는 근육이 11개나 움직인대

그래서 화내는 게 힘들었구나

활짝 펼 때는 근육이 12개나 움직인대

그래서 웃는 게 더 힘들었구나

안 됨

안 됨으로써 겸손을 배운다

안 됨으로써 인내를 배운다

안 됨으로써 희망을 배운다

안 됨으로써 사랑을 배운다

실패는 사람을 거룩으로 이끈다

깨진 달

보름달은
십오일 만에 볼 수 있다

십사일 동안은
모두 깨진 달이다

열네 번의 미완성과
한 번의 완성인 셈이다

기억하라

깨지고 또 깨짐은
실은
차오르고 있는 중이라는 사실을

소유의 기술

어떤 것을 가지기 위해
계약서를 쓰지 않는다

돈을 지불하지도 않는다

다만
꽃이든 별이든 바다이든
토끼든 다람쥐든 사람이든
사랑한다

보고 듣고 느끼고 생각하면서
사랑한다

가슴에 담아둔다

하나

세기만 한다면
하나는 있다

하나 둘 셋
하나 둘
하나

널 위한
한마디의 말과
한 곡의 노래와
한 명의 사람과
…

이 별을 힘겹게 지나는 그대여
너무 외로워하지 말아라

풍화

풍화작용으로 많은 것이 변한다

기암괴석이 만들어지고
동굴이 생겨나기도 한다

독특한 지형이 형성되기도 한다

깎는 것은 암석만이 아니다

어릴 땐
뾰족뾰족한 별이 되고 싶었는데

지금은
동글동글한 돌멩이로 살고 싶다

세월은 꿈도 깎는다

X선 촬영

조심스럽게 검사실 안으로 들어서자
가까이 오라고 손짓한다

X선 촬영하시는 분이 말한다

"기기를 안으세요
그래야 잘 찍힙니다"

가만히 안아본다

누군가를 안는다는 건
자신의 내면을 보여준다는 것

계란

계란을 깰 때는
손목에 탄력을 주고
톡
내리쳐야 한다

힘이 약하면 안 깨지고
힘이 세면 퍽석 깨지기 쉽다

이와 같을 것이다

먹고살아 가는 일이
다
힘 조절일 것이다

희망사항

과거를 후회하지 않는 것

현재를 불평하지 않는 것

미래를 걱정하지 않는 것

사랑이 많은 사람이 되는 것

위

간과는 다르다
심장과도 다르다

위는 이식이 안 된다

다른 사람의 위를
대신 사용할 수는 없다

모든 것이 막혀 답답할 때에도

내가 해줄 수 있는 거라곤
너의 등을 두드려주는 것뿐

결국
너의 삶은
네가 소화하는 수밖에

별과 말

별을 바라보며

누군가는 다짐을 하고

누군가는 위로를 받고

누군가는 영감을 얻고

누군가는 추억에 잠기고

누군가는 미래를 꿈꾼다

우리의 말이 빛나는 별과 같기를

축복

맨몸으로 이 별에 와서
입을 옷도 생겼고 세끼 밥도 먹고 있다

감각이 살아 있어서
사계절 속에서 자연과 교감하며 살아간다

기도로 하루를 마무리하고
가끔은 별을 바라보며 잠자리에 들기도 한다

그리고 과분하게도 아직도 숨을 쉬고 있다

무엇보다도 바로 이것
사랑할 수 있다는 것
사랑받고 사랑할 수 있는 힘이 있다는 것

이만하면 성공한 삶이 아니겠는가

낙

읽고 싶은
글 한 줄 있다는 것

듣고 싶은
노래 한 곡 있다는 것

걷고 싶은
길 하나 있다는 것

한 입

너는
윗입술

나는
아랫입술

우리는
한목소리
한 비밀

자기

수고해
자기야

고마워
자기야

사랑은
자기가 둘이 되는 것

산타클로스

어른이 되려고
산타클로스를 버릴 필요는 없다

공연히 인생을
사막으로 만들 일은 없는 것이다

지구는 돈다

지구본을
돌려 보인다

미국이
유럽을 지나고

유럽이
미국을 지난다

네가
그를

그가
너를

이해할 날이 오리니

십진법

남태평양의 어떤 섬나라는
육진법을 사용했고

마야 문명에서는
이십진법을 사용했다고 한다

바빌로니아는
육십진법까지 썼다고 한다

그러나 이것은 일부분일 뿐
사람들은 예나 지금이나 십진법을 쓴다

그만큼 인간에게 십진법은 친숙하다

엄마 배 속에서부터
열 손가락으로
열 달을 셈하니까

그가 너에게

그가 너에게
하나를 못하면
과거에 잘한 여럿을 기억할 것

그가 너에게
하나를 잘하면
미래에 잘할 여럿을 떠올릴 것

꽃다발

저마다 꽃다발을 건네며
말한다

"축하해"

"장하다"

"대단해요"

누군가 꽃다발을 건네며
말한다

"꽃 피우느라 수고했어"

문어

초판 1쇄 발행 2024. 8. 9.

지은이 김기갑
펴낸이 김병호
펴낸곳 주식회사 바른북스

편집진행 황금주
디자인 한채린

등록 2019년 4월 3일 제2019-000040호
주소 서울시 성동구 연무장5길 9-16, 301호 (성수동2가, 블루스톤타워)
대표전화 070-7857-9719 | **경영지원** 02-3409-9719 | **팩스** 070-7610-9820

•바른북스는 여러분의 다양한 아이디어와 원고 투고를 설레는 마음으로 기다리고 있습니다.

이메일 barunbooks21@naver.com | **원고투고** barunbooks21@naver.com
홈페이지 www.barunbooks.com | **공식 블로그** blog.naver.com/barunbooks7
공식 포스트 post.naver.com/barunbooks7 | **페이스북** facebook.com/barunbooks7

ⓒ 김기갑, 2024
ISBN 979-11-7263-086-7 03810